未知的星宿——
童常詩集

童 常 著

黎漢傑 編

編者序　　黎漢傑

　　本書作者童常（一九三九至一九六六），原名趙國雄。年輕時因緣際會投稿《中國學生周報》，開始了他的創作生涯。期間，他與西西、羊城、馬覺等人創辦阡陌文社，出版社刊，積極參與本地的文學活動。除了詩，他也寫過小說、散文，但數量極少，因此一般文學研究者都視他是專業的詩人。童常在詩文經常透露，在現實生活過得不如意，儘管他的生平資料，現在難以鈎沉，但可以確知的是他初期投稿時是夜校學生，推想應該是日間另有工作，生活艱苦，不難想見。

　　本詩集收錄他的詩作二十一篇，二十篇出自《中國學生周報》，僅有一篇刊登在《盤古》，當時詩人已經去世，想必是其好友代為投稿，以作紀念。他的詩風與當時社會環境與個人心境頗有關聯，風格沉鬱，字句結構亦受當時港臺新起詩風影響，傾向歐化。可是，

詩人也有不少地方以疊句營造規律的節奏，早期作品更有部份地方押韻。至於晚期的詩作，詩行比較靈活使用標點符號，開始出現自己的腔調，而且也甚少出現陳言套語，場景比較具體化。如果詩人沒有自殺，相信在本地詩壇一定有更高的地位。

　　當然，即使是以現在所得的篇章而言，也值得在香港新詩史刻上他的名字。近來的香港詩選集，例如鄭政恆編的《五〇年代香港詩選》（香港：中華書局，二〇一三）以及葉輝，鄭政恆編的《香港文學大系一九五〇 — 一九六九・新詩卷二》（香港：商務，二〇二〇）均有收錄童常的作品。本次編輯整理，除了按出版日期順序輯錄詩作之外，同時附上出版年表方便後來者查核。至於三篇研究文章，則可說是為初接觸詩人的讀者提供一些閱讀的角度，進入童常這一片未知的詩的星宿。

二〇二一年四月二十一日

目錄

編者序　　　黎漢傑

常綠樹與年青的過客（代序）　　　7

夜　　　9

街頭看相者　　　11

熱病　　　12

靜觀篇：（一）時鐘；（二）車聲；（三）煙囱　　　14

睡　　　16

跳樓自殺者　　　18

老人素描　　　20

蒼蠅　　　22

日暮的當兒——在騎樓上　　　24

九月短歌　　　26

衰落的大觀園　　　27

自我素描　　　29

未知的星宿　　　31

詠蝶　　　33

生命之歌　　　35

秋　　　　　　　　　　　　　　　　　　　　　37

在香港──片斷的浮雕　　　　　　　　　　　39

野店　　　　　　　　　　　　　　　　　　　41

卵　　　　　　　　　　　　　　　　　　　　43

殘爐　　　　　　　　　　　　　　　　　　　45

《童常詩集》發表記錄　　　　　　　　　　　47

我讀童常的未知的星宿　　　路　雅　　　　49

幽暗之地談童常　　　　　　　秀　實　　　　54

星宿還在：童常詩的沉鬱風格　張燕珠　　　62

常綠樹與年青的過客（代序）

　　這原是一個荒野，年青的過客們躑躅著，在邪惡的風雨裏找不到庇蔭的地方。因此，一些辛勤的園丁，在理想的星輝下，便往貧瘠的土壤撒下一顆種籽。美麗的憧憬使他們流下大量的血汗。於是，這顆種籽萌了芽，在園丁們苦心的栽培下漸漸地茁壯、成長了。它長出翁鬱的枝葉，透過時間的風沙，而成為一座傘樣的綠蔭，更成為很多年青的過客們蔽蔭的所在。它就是那棵「秀勁挺拔的常綠樹」，現在有著九個奮鬥的年輪。我也是一個孤獨的過客，在它的綠蔭下享受過五個春天。

　　那只是出於偶然，五年前，我扔下一角錢，從書報攤上取走一份學生周報。我帶著哥倫布的心情讀著；我驚喜，因為我找到一個新的精神的天地。那時，我還年少，但我已懂得痛苦了。回憶和現實使我苦悶。但，我還是挨住了。一隻漂泊於長空的鳥兒，一旦找到了理想

的巢，就不會徬徨，哪怕風雨怎樣大。——從周報，我開始認識人生、認識世界、及很多問題；同時，也得到慰勉和鼓舞。於是，我逐漸發現自己志趣的所在。我開始學習用筆來表現自己內在顫動的音響。星期四是一個發光的日子，即使在夢裏，它也閃爍著光輝。當然，這個日子很多時會給我帶來一個霹靂，當我發覺自己播下的種籽因經不起考驗而沒有萌發。

　　去年夏季，我參加了周報舉辦的寫作問題講座。這在我孤寂的生活是一個大轉變。我在報社認識了很多志趣相同的朋友。我做夢也想不到，這條孤獨的小溪，竟會有一天匯合壯闊的河流，歌唱著奔向理想海洋。

　　接著，我加入寫作問題講座的同學會，並且成為《阡陌》（同學會的月刊）的工作人員。此後，因為《阡陌》，我時常到周報去，我對周報的認識也更深了。周報是一座橋樑，溝通心靈與心靈之間的隔閡；周報並不是為牟利而存在，正如一棵樹並不是為了爭取小草的養料而生長，而是為了給過客們遮擋烈日和風雨。是的，周報就是一棵常綠樹；那麼，就讓我衷心的祝福它的莖幹和枝葉長得更粗壯、更蓬勃、將來繁殖成林，為無數年青的過客們遮擋更凶險的時代的風暴吧！

　　　　刊於《中國學生周報》第四七〇期，一九六一年七月二十一日

　　　　　　　　　　　　　　　　　　　　署名趙國雄

夜

黑夜的列車在悄悄地奔馳
無聲掠過岑寂的大地
滿載了一大批沉睡的靈魂
趕交黎明這法官處理

寧靜潛伏在車廂
守候疲勞的安息

鼾聲洩露了秘密
向夜光鐘饒舌地敍述
夢中靈魂的迷惘

夜光鐘也不沉默
喋喋低訴受冷落的悒鬱
驚擾著屋裏的寂寞

思想化作一團幼絲
心靈在孤獨中細心地整理
回憶有如甘蔗的渣滓
我重嚐仍覺甜美

多情的清風自遠方趨來
替我的倦軀按摩
不帶來蕭邦的夜曲，為甚麼？

疲倦代我解脫愁思的困擾
把我誘進睡夢廂座中
載往黎明這法官處理

黑夜的列車在悄悄地奔馳
無聲掠過岑寂的大地
滿載了一大批沉睡的靈魂
趕交黎明這法官處理

街頭看相者

以廉價向迷途者兜售神秘的預言；
用暗淡的燈想照亮人類幸福之路。
誇言能為受苦者解脫命運的剋制，
自己的靈魂卻在命運鐵輪下悲啼。

熱病

毒菌們踏著大步
為牠們輝煌的凱旋歌唱

宇宙的末日到了，萬物黯淡
星辰迷惘，脱軌亂旋……
　　壓下來，以整個地球的重量，壓下
　　　　　　　　　　靈感的發源地

黑森林底下的火山也爆發了
　　　焚燒起來，焚燒起來

痛苦的海嘯又掀起

狂潮澎湃，湧過來
湧過來，淹沒了
　　　　　生命的大洲

於是，「呻吟」部落就結著隊
　呼嘯衝出「白齒關」，也逃亡
向晦冥的太空……

此刻，是——
　　　　　一個混沌的時代
　　　　　一個大叛亂的時代
　　　就拋下焚燒在苦難中的肉體
　　靈魂甘做不義的叛徒，遠走
高飛，高飛，又迷失……

而毒菌們就踏著大步
歌唱牠們輝煌的凱旋

靜觀篇：（一）時鐘；（二）車聲；（三）煙囪

（一）　時鐘

時鐘單調地唱著永恆之歌
細碎的音符飄向四方
通過白日與黑夜
以聲息的斑點綴上寂寞的白衣

（二）　車聲

黑夜的車聲如迷惘的尋夢者

喘息著旅途的艱辛自遠而近
近了又欹歔幻夢的縹緲遙遠
之後留下一個深長的嘆息
懷著滿胸憂鬱隱沒在夜的岑寂中

（三）　煙囱

像一個憤世嫉俗的隱士
煙囱孤傲地屹立在高高的屋頂
冷眼睥睨塵世的繁華
遏抑不住對醜惡的憎恨
要把黑色的鬱悶向藍天傾吐

睡

困在用泥土做的匣子裏
牆壁和天花板醞釀著擴展領
　　土的野心
　　(它們似乎要把我擠死在黑
暗中)

然而，我還是我
且以臀部背棄死去的落日
而準備諂媚那睡在海底下未
　　　醒的朝陽

好像有兩隻蟋蟀鑽進了我的耳朵

（我已聽到牠們歌唱
而且左邊的和右邊還互相問候）

直至時間把牠們誘走
　（那時候，唯心論和唯物論都寂滅了，牛
　頓的發現也不存在）
那時候，我是宇宙，宇宙是我
空虛而又充實，浮起在瞑暗中
　　我是未經上帝創造的世界

於是，夢的國土近了
　我遠遠看見
曾死於烈日下的幻想在開花

跳樓自殺者

自願投降於命運和地心吸力……

昔日釀造靈感的機器
現在改釀了葡萄酒
獻給口渴的土地公做飲料

靈魂哀泣著遠去
而肉體還得留著承受恥辱
暴露於旺盛的街頭

而眼睛們
（就像專愛啄食腐肉的烏鴉們一樣）

匆匆的，趕著圍攏過來
　　從東方、西方，也從南方、北方
麕集著，在喧嘩聲中爭著啄食
死者的臉龐和臂胳和胸脯和腿子……
　　（就像烏鴉們爭著啄食腐屍一樣）

老人素描

以無饜的牙齒
時鐘已嚙蝕盡
他的年華、精力和希望
只留下貧血的蒼白
及幽幽的喟嘆

是冬天，呵，冬天
他的頭的北極和南極
飄搖著歲月遺落的白雪
在寒風裏
而他顫抖
往昔時常爆發的火山亦已冷靜

就像牛
辛勞後反芻甜蜜的草渣
他咀嚼回憶中的繁華
那春的絢麗、夏的輝煌、秋的靜
　美……

之後，他翹起頭
朦朧的眼睛眺望
朦朧而暗淡的前方

蒼蠅

胭脂紅的頭
尼龍般透明的翅膀
　輕顫著一屋的死寂

前腿摩擦著前腿
且以長舌的觸覺
　舐地上的殘餚

遠處有奇異的
幽香，娉娉揚起，飄來
　牠乃展輕捷的翼，追蹤

遂有顫聲的漣漪
蕩漾於冷寞的空間……

日暮的當兒 —— 在騎樓上

那熱情的王子玩得倦了
在西山披著彩霞的屍衣安息了

雲，趕了整天的路，也倦了
倦了，走得很慢、很慢

風，這浪子遊蕩了一整天，也倦了
也倦了，連窗簾也吹不起了

在屋頂，孤高的煙囪站得不耐煩了
沒精打彩的吐著悶氣

年齡老大的黃貓，也倦了
也倦了，在石欄上抱著寂寞做夢

而我，和我瘦長的影子
就在這慵倦的斜暉中咀嚼詩做晚餐

九月短歌

九月，詩靈遠去
　　隨西風遨遊
九月，我的心仍解不掉
　　鬱悶的死結

荒山中，有鳴蟲、有落葉
　　奏響秋天的歌
而陋室裏，我獨坐冥想
　　思念像零雁南飛

衰落的大觀園

幻滅了，歷載繁華的長夢，
當災禍的浪潮一再衝激。
十一月海棠花現出衰落的怪兆，
華麗的大觀園遂失色黯淡。

晴雯撕扇時的笑靨早已消逝；
海棠社熱鬧的詩音已隱；
再不見琉璃世界白雪紅梅的景緻；
再不見醺醉的湘雲臥於芍藥花裀。

鳥獸棲遲於剝落了光彩的瑤臺瓊館；
蜘蛛網了冷寂的高閣崇樓；

幾許璀璨的花卉已凋謝？
幾許婆娑的樹木已枯朽？

獨有瀟湘館的翠竹在西風中依然蓬勃，
映著斜暉，伴著衰草、青苔、黃葉，
在隱約處迴響黛玉的幽靈淒怨的啜泣，
應和著陣陣的蟲鳴、斷續的鴉聲……

自我素描

願心的壘堡永遠堅牢
不塌毀於金幣的重壓

我只是一棵不以美色媚人的小草
從苦難的踐踏下滋長、茁壯
　荒原的一隅，帶著
跟病魔糾纏的驕傲
風暴過後，我仍然昂首、仍倔強

而濃霧、以及太多的時間的蒼白
卻陷我於死水窪中，我
瀕臨窒息、遂呻吟

秋天；友愛的陽光照臨
我便復活、跳躍、歡呼……

是的，春天還在，長綠的
生命樹該加添一環經驗的年輪

未知的星宿

我存在於白日失明之後
這是夜，我發光在迢遙的一隅
我以冷眼睥睨你們的繁華
你們的興起、你們的沒落

我熟悉你們奔波的方向
你們的惶惑、你們的空虛
而我的軌道卻遠離你們的意識
無論以甚麼東西，你們也不能窺察
我內在的變動、內潛的輝芒

我滿足自我的完整、自我的缺陷

我的淚我的血我的汗和我的笑
是充實我的空虛的寶藏
而你們是那麼矇昧、那末無知；直至
瞥見我殞落的光條纔驚覺我的存在

而我只存在於白日失明之後
這是夜，我發光在迢遙的一隅
我以冷眼睥睨你們的繁華
你們的興起、你們的沒落

五十 · 五 · 八晨

詠蝶

飲東風的酒，醉
用翅膀扇扇奢侈的春天
而飛　而舞　而盤旋
於花叢的珊瑚島中
且以美之姿　以色彩
以陽光　譜
一首歌頌　唱一整個花季

把這一刻常作永恆
饕餮整個世界的幸福於一瞬
而飛　而舞　而盤旋
扔掉寂寞　扔掉憂思

不理春天過後將怎樣
　　夏天過後將怎樣
把未來掩蓋在翅膀的陰影下
遠離布穀鳥的聒噪
嘲笑蜂　嘲笑蟻
而飛　而舞　而盤旋
於花叢的珊瑚島中

生命之歌

追隨你，埃荻奧，以純真的熱情
我願瀉傾大量汗水灌溉有限的明天
而你得指引我，像長夜的星宿
指引摸索前進的旅人

穿過黑暗的洞，我觸及光燦的目晝
歧路紛紜，我是一個惶惑的過客
祈求你，埃荻奧，賜我智慧，賜我力。
我將踏著你的軌跡前進

風浪來時，我的船遭陸地擯棄
你在何方？埃荻奧，你在何方！

你縹緲如雲、如霧、如風
我滿怖創傷的手總觸摸不到你的實體

而黃昏很快就會來臨，埃荻奧
火焰熄滅後，我將擁你的影子歇息
在涼冷的夜霧下，帶著一朵靜美的笑
縱使你仍在有光的地方翱翔

秋

依然是那蒼老的秩序
在風浪的節拍中循環
一陣豪雨過後，你呵
你這第三張熟稔的臉容
悄然隨天際的彩虹顯現
迎向我，以久違了的冷笑和唏噓

自焚燒著的夢中醒來，我
瞿然，觸及你肌膚的涼冷
想及果實、想及流水
嘆息遂化作一縷縷淒涼的絲線
綑我的孤影於這落寞的花棚

仰視你凜然之姿，又想起
大地的綠髮的蒼黃，與
那遙遠的明眸及遙遠的歌聲
遂以信封套著一季的懷念
投往雁飛的方向

而蘆荻顫抖的調子
總敲開我回憶的重門
念及山那邊的古道斜陽
故園的老樹落葉
我淒然欲泣

在香港——片斷的浮雕

真的，無論在任何季節
對岸九龍的山巒都可以遮擋
那邊大原翻騰的風暴
不理會那東方的太陽或月亮怎樣黯淡
那些變了膚色的蜥蜴們
　　（他們的尾巴曾斷過兩次）
也一樣忙於攀摘異地的玫瑰
也一樣忙於加入鸚鵡的部落
且把耕牛賣給異邦人做解剖的實驗品
而在霓虹燈的媚眼下踏進酒吧的心臟
他們就用香檳酒為自己洗禮
冲去來自梅花叢中的滴血的回憶

此後，他們就虔誠的崇拜倫敦的煙囱

　　　　　　　　倫敦的霧夜……

　　（是的，他們就如在霧夜裏

　縱使啼聲響了，他們

　仍迷戀於夢裏的玫瑰）

野店

月光鋪滿蜿蜒的山路
異鄉人，歇歇吧，且進來
這兒有陳酒也有竹牀
好讓你重溫鄉土的舊夢

林間有異樣的蟲聲
路旁踉蹌幌動著你的身影
異鄉人，那年失火的故事沉在你心底
今夜你就沒有了歌聲也沒有了家

藤蘿靜靜攀附著殘缺的牆角
棚架上的牽牛花糾纏著夜風

異鄉人，且默默垂首，想想
星下的故鄉是否埋藏在新墳的陰影裏

去處有濃霧也有深淵
異鄉人，你是蒲公英也是浮萍
隨風而飄、逐水而流
今夜的月色籠罩了你的前途
且進來歇歇呵，異鄉人
這兒有陳酒也有竹牀
好讓你重溫鄉土的舊夢
而門前月光正鋪滿蜿蜒的山路

卵

讓噪音噪音在外面相撞吧
不要破殼。我愛那黑
那黑是乳，滋養著闃靜
渾然。一宇宙。戶內之我
是一尊完整的寂寞
那末僵冷

那末僵冷
讓時間也凍結於此
如水，在我凝鍊的寂寞下
結冰，停止漂流；同時
也讓萬物肅然無聲

長此以往。恆常的
寂寞，莊嚴如大理石的殿堂
長此以往。我不欲破殼而出
伸手向陽光乞求佈施
復張眼看
瞬間：毛蟲長出彩翼
瞬間：紅唇化為黑土

而我只是如此
　在意識與非意識之間
　在壓力與抗拒之間
　（不欲破殼而出）
不是存在。無充實無空虛

殘燼

密華西，你的昨日是那末醜惡
總有黑痣散佈在你額上
自從門鑰失落的那一天，我認識你
你僵冷的手要緊握點甚麼而握不著
除了哭喪捧，除了香檳和流行曲
於是你便把船拋下，把槳折斷
在懸崖的篝火畔播種你的欲望
綠酒杯底遂沉澱著你荒誕的夢想
酒店後門隨風飛揚著你發霉的名聲

你的日子如烏雲，在天宇的佈告板上
短暫的展覽著你迷惘而空虛的名字

　　　　展覽著你骯髒的足印
密華西，那年開始一見光就找穴躲藏
你是貓頭鷹、你是土撥鼠、你是蟑螂
你主要的養料是夜，沒有星月的那一種
你的記憶是一堆堆
重疊在臭水渠邊無人清理的垃圾
跟你長大的影子總不知下一步
踏上的是浮冰還是斷橋
當搖滾樂再隨風起
即使你越過「荒原」也會跌進「深淵」

在群星相爭隕落的黃昏後，密華西
我聽到你在冷落的牆角偷偷飲泣
夕陽流盡了血後將往何處去
那些隕星又將往何處去？你驀然覺得
歲月是流風，歲月是無底的潭。明天
你將成為一枚過時的銀幣，你是
塵垢厚重得不能再厚重的那一枚
你將成為一把未點燃即被浪費的火炬
沒有誰的屋子會再容納你存在的例證
沒有誰的瞳子會再反映你存在的例證

密華西，後天傍晚我將打墓地走過
朝你的墓碑朗誦你為自己製作的輓歌

《童常詩集》發表記錄

夜	《中國學生周報》第 361 期，第 14 版，1959 年 6 月 19 日
街頭看相者	《中國學生周報》第 370 期，第 14 版，1959 年 8 月 21 日
熱病	《中國學生周報》第 378 期，第 14 版，1959 年 10 月 16 日
靜觀篇： （一）時鐘；（二）車聲； （三）烟囱	《中國學生周報》第 385 期，第 14 版，1959 年 12 月 4 日
睡	《中國學生周報》第 386 期，第 15 版，1959 年 12 月 11 日
跳樓自殺者	《中國學生周報》第 389 期，第 14 版，1960 年 1 月 1 日
老人素描	《中國學生周報》第 397 期，第 14 版，1960 年 2 月 26 日
蒼蠅	《中國學生周報》第 400 期，第 14 版，1960 年 3 月 18 日
日暮的當兒——在騎樓上	《中國學生周報》第 419 期，第 14 版，1960 年 7 月 29 日
九月短歌	《中國學生周報》第 430 期，第 15 版，1960 年 10 月 10 日
衰落的大觀園	《中國學生周報》第 432 期，第 14 版，1960 年 10 月 28 日
自我素描	《中國學生周報》第 432 期，第 14 版，1960 年 10 月 28 日
未知的星宿	《中國學生周報》第 467 期，第 14 版，1961 年 6 月 30 日

詠蝶	《中國學生周報》第 471 期，第 11 版，1961 年 7 月 28 日
生命之歌	《中國學生周報》第 475 期，第 11 版，1961 年 8 月 25 日
秋	《中國學生周報》第 482 期，第 11 版，1961 年 10 月 13 日
在香港——片斷的浮雕	《中國學生周報》第 484 期，第 11 版，1961 年 10 月 27 日
野店	《中國學生周報》第 528 期，第 10 版，1962 年 8 月 31 日
卵	《中國學生周報》第 575 期，第 13 版，1963 年 7 月 26 日
未知的星宿	《中國學生周報》第 740 期，第 6 版，1966 年 9 月 23 日
殘爐	《盤古》第 4 期，第 40-41 頁，1967 年 6 月

我讀童常的未知的星宿　　路雅

未知的星宿　童常

我存在於白日失明之後
這是夜，我發光在迢遙的一隅
我以冷眼睥睨你們的繁華
你們的興起、你們的沒落

我熟悉你們奔波的方向
你們的惶惑、你們的空虛
而我的軌道卻遠離你們的意識
無論以甚麼東西，你們也不能窺察
我內在的變動、內潛的輝芒

我滿足自我的完整、自我的缺陷
我的淚我的血我的汗和我的笑
是充實我的空虛的寶藏
而你們是那麼曖昧、那末無知；直至
窺見我殞落的光條才驚覺我的存在

而我只存在於白日失明之後
這是夜，我發光在迢遙的一隅
我以冷眼睥睨你們的繁華
你們的興起、你們的沒落

讀童常的〈未知的星宿〉，我們可以用〈短歌行〉裏面的四行詩句去解讀他胸臆的鬱結：

月明星稀
烏鵲南飛
繞樹三匝
何枝可依

雖然我們沒有證據去指出我存在於白日失明之後，是源於「月明星稀」這詩句，但這是夜，我發光在迢遙的一隅，不就是道出童常是借此暗喻自己，指出那顆寂寞的未知的星宿嗎？「烏鵲南飛」劃下童常飛行的軌跡，可惜這軌道卻遠離你們的意識，而那顆不為人知的星星的殞落，又豈是世人所能了解？

　　繞樹三匝，何枝可依？昭然可見！正如童常對我們說的，我以冷眼睥睨你們的繁華，你們的興起、你們的沒落，在他眼中這是兩個不同的世界，那麼又有何可棲之處？看看〈野店〉，童常曾寫下這樣的詩句：

　　月光鋪滿蜿蜒的山路，

　　異鄉人，歇歇吧，且進來，

　　這兒有陳酒也有竹牀

　　好讓你重溫鄉土的舊夢

　　同樣是面對冷冷的世情，羅少文在〈蒼老〉一詩有這樣的句子：

　　風塵逝去，如七月夜的流星

　　你的手掌是輪迴的指捧嗎？

　　彷如那夜的古桐，今晚的淒酸露

　　你沐在星辰裏的眉額是蒼白的

　　童常的作品大部份在《中國學生周報》的詩之頁上發表，時間由一九五〇年至一九六二年，他與羊城、馬覺、西西合組阡陌文社，並於一九六〇年出版社刊〈阡陌〉。

　　三年後即一九六三年他們出版了合集〈綠夢〉。

　　雖然新詩不拘泥於格式，從白話詩到臺灣的現代詩，以至國內的朦朧詩，各有不同的演繹。

　　詩只有好壞之分，無論甚麼類別，如果連基層的門檻也不設，那麼新詩便真的很易流於口語的粗疏，實在與沒肌理的偽詩，相去不遠。

　　童常寫過的詩不多，但落差很大，早期的作品可能是學習初階，很多都是未成熟之作。

　　童常因為他的早逝，所以寫得好的詩作不多，我個人比較喜歡的有〈夜〉、〈殘燼〉、〈秋〉、〈自我素描〉、〈野店〉當然還有他的成名作〈未知的星宿〉。

　　詩歌喪失節奏，甚至語言粗劣，對精煉的基礎置之不理，有時我有點懷疑，為甚麼還要叫它做詩呢？我相信大家都同意不會因那一堆字叫作「詩」而因之而提高地位。

　　讀童常的詩，使人惋惜一個天才的殞落，無論以甚麼東西，我們也不能窺察他內在的變動、內潛的輝芒。直到有一天，我們察覺，仰望漆黑的夜空，窺見他的消失才驚覺他的存在。

　　詩人的憂鬱，似乎都有著共通的屬性，羅少文在〈蒼老〉一詩也有類同的詩句：

　　敞著窗，一天的星子都湧進來了
　　當夜涼觸及前額，你的影子便隨之擴大來
　　我已伸手，卻沒有握著
　　昨夜，那席喧喧的酒宴已闌珊

上詩不也就回應了「繞樹三匝，何枝可依」的失落？雖然詩人未必盡得世人的認同，但童常滿足於自我的完整、自我的缺陷。而別人的冷眼，他卻傲然面對。

　　童常的詩寫得那麼好，很多人都惋惜他的早逝，而且還是自殺，在我來說，難以釋懷不在詩；詩寫不寫有甚麼所謂呢？沒有甚麼比生

命更有價值。

　　羅少文説得好，敞著窗，一天的星子都湧進來了！可是，為甚麼這兩顆光芒四射的星子，今天都捨我們而去！

　　　　　　　　　　　　　　二〇二一年三月十九日

幽暗之地談童常　　秀實

最近整理舊時習作，重新讀了二○○六年出版的《昭陽殿記事》的序文〈幽暗之地〉。當中有一段我這樣寫道：

> 在漫長的時光流河中，我堅信。總有極少數較那些庸俗詩人、詩評家更有緣分的讀者，因著直覺、敏感，甚或猜測、偶然。得以進入那個幽暗之地，並發現那微弱的光芒。在詩歌中和我一起經歷感情逆旅，和我同樣的感到生命的淒然無奈，而我的詩歌因此得以在冷漠的宇宙中焚燒起來。

在屏幕上翻閱詩人童常的作品時，頗有這種感覺。「後之視今，猶今之視昔」，詩集的出版，有時確然會讓人有這種感慨。童常在生之時活得不快樂，詩評家關夢南說：「詩人一九六六年九月二十三日

在《中周》（按：即《中國學生周報》）重發這一首作品後，服毒自殺。」
（見《香港文學》二〇一二年八月總三三二期）這一首作品指的是〈未
知的星宿〉。詩 4-5-5-4 四節十八行。詩末注有寫作日期：五十、五、
八晨。詩人自比為一顆掛在遙遠的穹蒼裏的孤寂的星子。寫盡了詩人
那種遺世獨立的淒然無奈，頗有類於清朝苦命詩人黃景仁的「悄立市
橋人不識，一星如月看多時」（〈癸巳除夕偶成・其一〉）的千古悲
愴。第三節有「而你們是那麼矇昧，那末無知；直至／瞥見我殞落的
光條纔驚覺我的存在」的書寫。我雖未曾與詩人相遇相聚，未知其容
顏如何憔悴，經由文字的述說，詩人那種傲然不群的形象卻躍然紙上。
且看末節：

> 而我只存在於白日失明之後
> 這是夜，我發光在迢迢的一隅
> 我以冷眼睥睨你們的繁華
> 你們的興起，你們的沒落

　　童常的詩歌創作期集中在六十年代。從一九五九年中到一九六六
年末，常有作品發表於《中國學生周報》。他的創作量並不高，留下
的作品也不多。然而數量雖少，卻不乏佳作。其題材也呈現一種寬廣
的格局。既憐憫自身，又牽掛時代。既有瑣屑之細雕，復具濃墨重彩
的力度。
　　然詩歌作為文學藝術其高下並不在於題材的輕重或大小。最明顯
的是南宋愛國詞人辛棄疾（一一四〇至一二〇七）。細緻纏綿的〈青
玉案〉（元夕）與慷慨昂揚的〈破陣子〉（為陳同甫賦壯詞以寄之），

吮喝笑語各有所愛。英國浪漫詩人濟慈（John Keats,1795-1821）〈夜鶯頌〉（Ode to a Nightingale）的「一嚐便想起暖暖的冬陽/ 想起花神、戀歌/ 舞蹈和村莊！」（穆旦譯）和〈致荷馬〉的「宙父掀帷幕讓你住天庭，/ 海神的波篷為你而蓋，/ 牧神教群蜂為你共吟」（余光中譯），人間天上均具知音。可見一首詩中，「題材」所扮演的角色，偏向取悅「讀者的癖好」，而「述說方式」（語言）所扮演的角色，偏向取悅「讀者的學養與修為」。

讀者的癖好如何，卻常受當下社會氛圍的影響。六十年後在香港東隅的一個小房間內，深宵翻讀詩人童常的作品。看欄外浮城，燈火已非舊時燈火，夜空彷彿一副陌生的面孔。如〈在香港 —— 片斷的浮雕〉〈跳樓自殺者〉〈日暮的當兒 —— 在騎樓上〉等諸篇，自然便映入眼簾。六十年代的香港，對大部份花果飄零的來港人士而言是終點站而非跳板。故而其筆下的香港，是熱土。詩歌自然具有別樣情懷。這與後來八、九十年代部份詩人筆下的香港，大異其趣。〈在香港 —— 片斷的浮雕〉有對那時媚殖的風氣的抨擊：「他們就用香檳酒為自己洗禮/ 冲去來自梅花叢中的滴血的回憶/ 此後，他們就虔誠的崇拜倫敦的煙囪/ 倫敦的霧夜……」（第十一至十四行）。也有對祖國的當時狀況的批判：「那些變了膚色的蜥蜴們/ （他們的尾巴曾斷過兩次）/ 也一樣忙於攀摘異地的玫瑰/ 也一樣忙於加入鸚鵡的部落/ 且把耕牛賣給異邦人做解剖的實驗品/ 而在霓虹燈的媚眼下踏進酒吧的心臟」（第五至十行）。然詩的起首，卻極為質樸並帶有濃厚情懷：

真的，無論在任何季節

對岸九龍的山巒都可以遮擋
那邊大原翻騰的風暴

　　九龍的山巒指的是橫亘在界限街以北的飛鵝山、獅子山、金山的連綿山脈。那是個看山的歲月。維港兩岸的高樓不多，幾乎從任何的角度北望，都可以看到起伏的山巒，而以「雄獅」為其重心。那時我住在旺角長沙街美寶大廈十一樓，可以遠眺港島太平山腰纜車緩緩上下爬行的景況。那時舊樓的天臺有孩童在放風箏，街巷中有叫賣飛機欖，磨剪刀的小販聲……那是我們生於五、六十年代的「童年」，如今在「福利社裏面甚麼都有，就是口袋裏沒半毫錢」的歌聲中遠去。這首詩卻如此「真實」紀錄了那個時代。當然詩歌的「真實」並非等同「實錄」，也不應等同「實錄」，而為紛紜世相背後的「真相」。詩人在書寫中，揭示了當時「香港人」那種既自礙於「中」又不甘附「英」的飄零狀況。

　　〈日暮的當兒──在騎樓上〉對一幅城市落日的景色描寫得極具情味。落日是王子，浮雲是趕路客，晚風是浪子，屋宇的煙囪是站立的人，與老黃貓相伴的詩人在這景色中虛擬了一場熱鬧的聚會，看似頗不寂寥。然而實情是，與他相依的只有他的影子。詩的鋪排頓挫而行，走到最後，愈見精彩。雙行一節，十二行的詩如後：

那熱情的王子玩得倦了
在西山披著彩霞的屍衣安息了

雲，趕了整天的路，也倦了

倦了，走得很慢、很慢

風，這浪子遊蕩了一整天，也倦了
也倦了，連窗簾也吹不起了

在屋頂，孤高的煙囪站得不耐煩了
沒精打彩的吐著悶氣

年齡老大的黃貓，也倦了
也倦了，在石欄上抱著寂寞做夢

而我，和我瘦長的影子
就在這慵倦的斜暉中咀嚼詩做晚餐

　　詩人陶醉於騎樓所見的夕陽景色，在蘊釀一首詩。無線條，無色彩，乏光暗，卻有極強的畫圖之美，這便即我們所說：文字所抵達的地方非其他藝術所能致。詩題「騎樓」一詞，充滿著濃烈的地方色彩，為香港殖民地時代的英式建築。「維基百科」說：「十八世紀下半葉，英國人來到印度東部的貝尼亞庫普爾（Beniapukur）。這裏氣候十分炎熱，英國人極不適應。於是，他們在住宅前加了一個外廊以遮強光，造成較為涼爽的環境……英國人稱之廊房（langfang）……在鴉片戰爭後傳入香港、廣州。」「騎樓」建築是英式建築與東南亞地域特點相結合的一種建築形式。從詞彙到歐化句式，再到內容，這是一首道道地地的香港「本土詩」。

　　那個年代，是歐化句子盛行的年代。其風氣來自臺灣「不是縱的承繼，是橫的移植」的現代詩。且看〈跳樓自殺者〉中的句子：

原詩：歐化中文	規範中文
自願投降於命運和地心吸力……（第一行）	自願向命運和地心吸力投降……
靈魂哀泣著遠去（第五行）	哀泣的靈魂遠去
而肉體還得留著承受恥辱（第六行）	而留著的肉體還得承受恥辱
而眼睛們（第八行）	而眼睛

　　這首詩寫一個自殺的人倒臥在旺盛的街頭的景況，反映城市人的現實冷漠。城市固然讓我們過著更為舒適的生活，但同時也失去了許多鄉村生活才有的人際關係。一條仍未冰冷的屍體，吸引了大批圍觀的好事者。他們的眼神，當然不會是唐代詩人李商隱筆下的非梧桐不止，非練實不食，非醴泉不飲的「鵷鶵」（見〈安定城樓〉），而是一群嘴臉醜陋，吱喳雜噪的「烏鴉」。末節的描寫真是精彩，這是令人為之驚悚的一幕：

　　　　而眼睛們
　　　　　（就像專愛啄食腐肉的烏鴉們一樣）
　　　匆匆的，趕著圍攏過來
　　　　　從東方、西方，也從南方、北方
　　　麕集著，在喧嘩聲中爭著啄食

死者的臉龐和臂胳和胸脯和腿子……

　　（就像烏鴉們爭著啄食腐屍一樣）

　　這首詩是「樓梯詩」的品類。即一行的首字向前「上樓」或向後「下樓」的形式。這種形式的白話詩現在已少見，但當時卻是某些詩人偏好的形式。被認為是在枯燥的分行體裏對形式美學的追求。一節的詩意明顯的從一層走到另一層。像這詩末節，上落上之後略為站立，又走下去。悲憤中收結全詩。在這裏童常的二十首詩中，〈熱病〉的形式也是。詩寫疫症降臨，在當下新冠肺炎「封城」下的香港細讀，別有感慨。詩的第六節，一直在「上樓」，詩人在喻示疫症消失之樂觀嗎？在瘟疫時期，傳染病肆虐，詩人用「混沌」「大叛亂」等詞語，重重批判這個時代。而肉體受苦之餘，人的精神意志得保持樂觀。

　　此刻，是 ——

　　　　一個混沌的時代

　　　　一個大叛亂的時代

　　　就拋下焚燒在苦難中的肉體

　　靈魂甘做不義的叛徒，遠走

高飛，高飛，又迷失……

　　這裏只談了詩人童常的五首詩。無疑都是上乘之作。童常曾是一個被忽略了的名字，但只要有好詩留下，這種或由於人為，或緣至命運的 Ignore，是不會長久的。同在道路上的我，相隔一個甲子，終於遇上了他，並因對好詩的欣賞，寫下這篇文章以寄意載道。

詩人都有專屬於他的「幽暗之地」，在歲月長流中，也總有不經意的陌生者跟蹌地闖進來，驚醒了長眠中的詩人！

2021/3/29 晨 8:50 香港婕樓

星宿還在：童常詩的沉鬱風格　張燕珠

　　童常（原名趙國雄），於一九五九年至一九六六年在《中國學生周報》發表詩二十首，現存詩二十一首。[1] 據羊城〈憶昔 —— 緬懷阡陌的詩侶〉（一九九四）記載六十年代，他和童常、子燕、野望、西西、馬角（馬覺）組織阡陌文社，出版阡陌月刊。阡陌文社是為「寫作問題講座」畢業同學所組織，他們活躍於當時的《中國學生周報》，經常同期刊詩，[2] 並於一九六三年出版《綠夢》文集。《綠夢》收錄林蔭、岑仲良、羊城、子燕、馬角、童常、王憲陽、野望、趙自珍等三十名青年作者的小說、新詩、散文。[3] 該集共計十餘萬字，內容豐富多姿，作品反映社會現實，謳歌人生的描寫，也有曲折的戀愛故事，由名作家趙聰和陳虹題字和寫序文。[4]

　　童常受到六十年代存在主義（Existentialism）的影響，詩風沉鬱，多抒寫「黑夜」、「迷惘」、「鬱悶」等心靈吶喊，虛實交織著一代

年輕詩人的苦悶。存在主義是哲學中的非理性主義思潮，它認為人類存在的意義是無法經由理性思考而得到答案的，以強調個人、獨立自主和主觀經驗。其最突出的命題是：世界沒有終極的目標。人們發現自己處於一個隱隱約約而有敵意的世界中，只有選擇而且無法避免選擇他們的品格、目標和觀點，當中的不選擇就是一種選擇，即是選擇了「不選擇」，世界和我們的處境的真相最清楚地反映在茫然的心理不安或恐懼的瞬間。[5] 關夢南認為童常詩作感情比較偏激、外露，反而〈卵〉寫得內斂，它反覆檢視內在和外在的意義。[6] 路雅指出讀童常詩使人惋惜天才的殞落，無論以甚麼東西，我們也不能窺探他內在的變動、內潛的輝芒。[7] 這應該是童常的年輕選擇，以外顯的情感否定一切，追求個體的解放和自由。本文從童常竹影般的詩人形象出發，探討他的詩歌沉鬱風格，一是內容上的幽暗意象，二是形式上以「而」連接詩節。

1. 〈殘爐〉刊於《盤古‧風格詩頁》第四期，1967 年 6 月，同刊的有華白〈黃昏小唱〉、蔡炎培〈豹——給斑姐〉、羊城〈未題〉、馬覺〈劇場〉及羅少文〈蒼老〉。那是童常逝世數個月後的事情。關夢南認為此事待考，署名童常的〈殘爐〉可能是遺作或是錯植。見關夢南：〈追尋六十年代早逝的詩人童常〉，《香港文學》2012 年 8 月號總第 332 期，頁 86。按當時版排以 童常 標示，以及其餘的詩人都是他的詩友，故本文認為〈殘爐〉是他的遺作，將此詩計算在內，他得詩 21 首。

2. 如於第 385 期第 13 至 14 版，1959 年 12 月 4 日，刊登了馬角〈初秋燈下〉、羊城〈我夾在送殯的行列〉、童常〈靜觀篇：(一) 時鐘；(二) 車聲；(三) 煙囪〉及子燕〈小丑〉。

3. 見《中國學生周報》第 551 期，1963 年 2 月 8 日「阡陌文集經已出版」的啟事。

4. 見《中國學生周報》第 555 期，1963 年 3 月 8 日「阡陌文集——綠夢」的廣告。陳虹的序文是〈阡陌‧生命‧創造——「阡陌文集」代序〉，刊於《中國學生周報》第 557 期，1963 年 3 月 22 日。

5. 「存在主義」條目，見維基百科。https://zh.wikipedia.org/wiki/，於 2021 年 3 月 29 日讀取。

6. 關夢南：〈追尋六十年代早逝的詩人童常〉，《香港文學》2012 年 8 月號總第 332 期，頁 83-86。

7. 路雅：〈我讀童常的《未知的星宿》〉，見《香港文化資料庫》https://hongkongcultures.blogspot.com/2021/03/blog-post_20.html，於 2021 年 3 月 29 日讀取。

不以美色媚人的小草：「竹影」般的詩人形象

　　馬覺與羊城有數首悼亡童常的詩，大致勾勒高瘦如竹影的詩人形象，他在不如理想時代所爆發的鬱結。從馬覺的悼亡詩中，可窺見童常在現實世界中的自我醒覺，卻換來孤寂。馬覺〈自你去後 —— 悼亡友趙國雄〉（一九六六）：「自你去後/ 此地的月夜/ 便變得寂寥了/ 你嘗躲在暗角/ 雖然這個時代並不如理想/ 雖然大家都嘗稱病/ 但你仍有所凝視/ 你所企望的/ 並非滿牆滿地的影子/ 也不是來自這許多月夜的光華/ 你所企望的/ 久已為這城裏的人遺忘了」，痛惜童常在不如理想時代的企望；〈三年後祭國雄〉（一九七七）：「看著抑鬱之火，在冥紙中/ 焚燃/ 我想/ 一個高瘦的二十六歲青年/ 至今/ 也當是二十九歲了」、「我將為你提出你所要提出的積鬱/ 和起訴！」在祭悼童常中留下唏噓，並許下接過詩人棒子的宏願。從羊城的悼亡詩中，可窺見童常如破殼而出的卵，卻剩下寂寥。羊城〈竹影 —— 謹以此詩追悼摯友國雄〉（一九六六）：「日落時/ 你的竹影長長倒下/ 似欲蔭住/ 一街的喧鬧如注」，重構詩人「竹影」般的形象，及後融入童常的名篇〈卵〉、〈未知的星宿〉等寂寞意境；〈悵逝 —— 兼悼童常〉（一九六八）：「秋後，不該再到海濱/ 推銷漲滿的寂寞了/ 儘是驚呼的巉岩/ 倉惶的潮汐/ 真怕臨流/ 悵對早歲許下的風華！」、「要是皓月當空 晨星疏冷/ 明朝勢再攀臨絕頂/ 枕清風冷塊/ 臥看百變的曙色/ 笑對群山寂寂/ 問流雲瀉霧啊/ 嘘嘘惶惶些甚麼？曦光化處/ 彈指已是浮白！」追憶與童常等詩友暢遊大嶼山的往事；〈憶昔 —— 緬懷阡陌的詩侶〉（一九九四）：「可是童常畢

竟是個夢想/ 飲盡了最後的一滴玫瑰露/ 三十個冬寒的歲月/ 飄逝了的波特萊爾的雲」，歎息童常在阡陌文路上離隊，追隨法國十九世紀最著名的現代詩派詩人波特萊爾而去。

　　結合童常的〈自我素描〉，能更具體呈現童常「竹影」般的孤寂詩人形象。〈自我素描〉可視之為詩人的自畫像：

　　願心的壘堡永遠堅牢

　　不塌毀於金幣的重壓

　　我只是一棵不以美色媚人的小草

　　從苦難的踐踏下滋長、茁壯

　　　荒原的一隅，帶著

　　跟病魔糾纏的驕傲

　　風暴過後，我仍然昂首、仍倔強

　　而濃霧，以及太多的時間的蒼白

　　卻陷我於死水窪中，我瀕臨窒息，遂呻吟

　　秋天；友愛的陽光照臨

　　我便復活、跳躍、歡呼……

　　是的，春天還在，長綠的

　　生命樹該加添一環經驗的年輪

全詩四節，形式整齊。首尾兩節都是兩句句式，以「壘堡」、「生命

樹」、「年輪」等意象，積極表達年輕人的堅強和朝氣。中間兩節都是五句句式，以正反意象交錯運用，如「小草」對比「風暴」、「濃霧」對比「陽光」等，自述不屈服於殘酷的現實，仍然茁壯滋長，仍然倔強昂首向前，在人生路上跳躍和歡呼。這是年輕詩人生之欲望。第三節以「而」字逆接前節「我」在風暴過後的堅強態度，轉移至「濃霧」和「蒼白」等隱喻不幸的事情，在窒息和呻吟過後，「我」便會復活。從這首詩中，我們歸納童常詩的沉鬱風格，一是以幽暗的意象帶出自身的處境，二是以「而」連接詩節，呈現完整的結構，卻是封閉的格調。

不欲破殼而出：幽暗的意象

幽暗的意象顯現一代人的自身困境，如馬覺所言的「這個時代並不如理想」。〈夜〉的「黑夜的列車」對比「黎明」，抒寫沉睡的靈魂的迷惘和寂寞。〈靜觀篇〉的「時鐘」、「黑夜的車聲」和「煙囪」分別寫寂寞、迷惘和鬱悶。〈睡〉的「擠死在黑暗中」、「死去的落日」、「未醒的朝陽」、「死於烈日下」等，襯托困在用泥土做的匣子裏，逼近空虛又充實的宇宙。〈日暮的當兒 —— 在騎樓上〉的「孤高的煙囪」比喻自己對世界的不耐煩和疲倦，當中的「而我，和我瘦長的影子」，抽離自我，肉體和影子分離，只有影子陪伴詩人而行的孤寂。〈生命之歌〉的「長夜的星宿」、「黑暗的洞」、「涼冷的夜霧」對比「仍有光的地方」，抒寫詩人的惶惑。〈秋〉的「風浪的節拍」、「孤影」、「雁飛的方向」、「蘆荻」、「古道斜陽」、「故園的老樹落葉」等，寫詩人的冷笑、唏噓、落寞。〈九月短歌〉可與〈秋〉並讀，同樣以落葉和雁飛的意象，訴說解不開的鬱悶心結。〈野店〉的「月光」、

「蜿蜒的山路」、「異樣的蟲聲」、「你的身影」、「殘缺的牆角」、「新墳的陰影」、「今夜的月色」等,訴說前路未明,但可在野店歇息,品嚐陳酒,在竹牀重溫鄉土舊夢的詩意情懷。〈卵〉的「不要破殼」、「那黑」、「黑土」等,比喻自己如在殼裏的卵般寂寞、僵冷。〈殘燼〉的「僵冷的手」、「哭喪棒」、「烏雲」、「骯髒的足印」、「流風」、「無底的潭」、「塵垢」等,寫人生的醜惡,奏唱著自己的輓歌。在這些幽暗的意象中,詩人反覆重塑自我的「孤影」形象,由外在的「竹影」連結內在掉了靈魂的心靈。詩人的語言風格由始至終都是沉鬱的,主要使用與「夜」、「黑」、「影」等意象,貫穿他的詩篇與人生觀,具體化內在的幽暗。

　　就算是狀物、寫景、寫人的詩也是灰色調子。〈衰落的大觀園〉中的「幻滅了」、「衰落的怪兆」、「失色黯淡」、「早已消逝」、「剝落了光彩」、「冷寂的」、「已凋謝」、「已枯朽」等悲傷的詞彙,銜接全詩的「衰落的」意境,重構「大觀園」的衰落意象。寫景的〈在香港 —— 片斷的浮雕〉中的「(是的,他們就如在霧夜裏/ 縱使啼聲響了,他們/ 仍迷戀於夢裏的玫瑰)」等悲傷的語調,銜接全詩的「片斷的」意境,建立「浮雕」的片斷意象,使讀者陷入如霧如夢的虛幻世界。寫人的〈老人素描〉中的「無饜的牙齒」、「貧血的蒼白」、「幽幽的喟嘆」、「顫抖」、「朦朧的眼睛」等,勾勒老者暮氣沉沉的形象。此外,童常善於把卑微的生物入詩,如烏鴉(見〈跳樓自殺者〉)、蒼蠅(見〈蒼蠅〉)、蝴蝶(見〈詠蝶〉)、卵(見〈卵〉)等,以微小的生命作為意象,似是反映當時普遍存在的生活狀態。這是詩人的選擇,以敏感細膩的內心刻劃幽暗不明的現實世界,更多的是現代人潛意識的不安和迷惘,作為自我的救贖。

而我，和我瘦長的影子：以「而」連接詩節

　　以「而」字連接詩節，主要見於最後兩個詩節，包括順接或逆接，加強節與節之間的邏輯關係。連詞「而」字的作用可用於順接或逆接，現代書面語仍舊沿用文言「而」字。[8] 所謂順接，是說相連接的兩項在意思上有某種類似，或者有密切的關係，中間沒有轉折。順接的「而」有「而且」、「就」或「便」的意思。〈熱病〉末節：「而毒菌們就踏著大步／ 歌唱牠們輝煌的凱旋」，使用「而」字順接前節熱病使人類肉體受苦，陷入混沌和大叛亂的時代，也完全照應首節的內容，以「而」字強調毒菌肆虐。〈日暮的當兒 —— 在騎樓上〉末節：「而我，和我瘦長的影子／ 就在這慵倦的斜暉中咀嚼詩做晚餐」，使用「而」字順接前節年齡老大的黃貓「也倦了」，也照應全詩的熱情的王子、雲、風、孤高的煙囱都「也倦了」，散漫調子前後一致，並照應詩題「日暮的當兒」。〈生命之歌〉末節：「而黃昏很快就會來臨，埃荻奧／ ……縱使你仍在有光的地方翱翔」，使用「而」字順接前節「你在何方？埃荻奧，你在何方！」的問答。〈秋〉末節：「而蘆荻顫抖的調子／ ……我淒然欲泣」，使用「而」字順接前節「投往雁飛的方向」，隨風擺動的蘆荻如雁飛，是秋的氣息，也是「一季的懷念」。〈卵〉末節：「而我只是如此／ ……不是存在。無充實無空虛」，使用「而」字順接前節「長此以往。恆常的」寂寞。至於〈詠蝶〉全詩共有三節，三節皆以「而飛　而舞　而盤旋」順接前述的蝴蝶的狀態，包括扇動翅膀、饕餮世界及嘲笑蜜蜂和螞蟻。首末兩節在該句子後面加上「於花叢的珊瑚島中」，形成倒裝句，反覆照應，繪畫蝴蝶在花

8.　王力主編：《古漢語通論》，典文出版社，1962，頁114-115。

間飛舞盤旋的圖畫，也加強詩的節奏。

　　如果使用「而且」、「就」或「便」，詩意就會大減，但運用「且」字，卻又能提升詩的層次。試看〈野店〉：

首節：
月光鋪滿蜿蜒的山路
異鄉人，歇歇吧，且進來
這兒有陳酒也有竹牀
好讓你重溫鄉土的舊夢

末節：
且進來歇歇呵，異鄉人
這兒有陳酒也有竹牀
好讓你重溫鄉土的舊夢
而門前月光正鋪滿蜿蜒的山路

首先使用「且」字順接前節異鄉人如蒲公英、浮萍般飄泊，故需要歇息，然後使用「而」字順接前節的「今夜的月色」，以及第一節的「月光」、第二節的「今夜」、第三節的「星下的故鄉」。而末句的「正」字照應首句外，也顯示時間的推移。同時，末節也完全照應首節的內容，只是語序和句子次序不同，予以耐讀之感。但有太多詩篇都是在順接中又有首尾照應，傾向形式上追求整齊，或會局限
　　內容的發揮，甚至會造成封閉式的格調。或許，這是詩人的沉鬱選擇。如果一氣呵成讀下去，反而會有屏息的感覺。

　　所謂逆接，是說相連接的兩項在意思上相反，或者不相諧調；不是事理相因、語意連貫，而是有轉折。逆接的「而」有「卻」、「可是」或「但是」的意思。〈未知的星宿〉描寫一個詩人與世俗的對立情狀，引起共鳴。[9]這種共鳴感可能是逆接產生的對立效果。詩的末節：「而我只存在於白日失明之後/ 這是夜，我發光在迢遙的一隅/ 我以冷眼睥睨你們的繁華/ 你們的興起、你們的沒落」，使用「而」字逆接前節「我」的淚、血、汗和笑充實我的空虛的寶藏，以及「你們」的曚昧、無知，再次形成「我」與「你們」的對立。同時，末節也完全照應首節的內容，加強兩者的張力，並以「只」強化「我」的決斷，更深化「我」與「你們」的對立。這首詩及前述的〈自我素描〉都是逆接，風格一致，也是詩人的名篇。逆接，創造對立的局面，加強爆發內心的吶喊聲，展現年輕詩人心靈失落的苦悶時代，也帶出「這個時代並不如理想」。

　　縱觀童常詩的沉鬱風格，可初步認識六十年代初期年輕詩人的創作面貌。相隔大半個世紀，那些幽暗的意象仍在，以及封閉和屏息的格局又現，似是指涉今天現代人的心靈，讀來彷彿星宿還在。

9.　關夢南：〈追尋六十年代早逝的詩人童常〉，頁85。

銀河系叢書 10

未知的星宿—— 童常詩集

作　　　　者：童　常
編　　　　者：黎漢傑
責　任　編　輯：曾凱婷
美　術　設　計：張智鈞
法　律　顧　問：陳煦堂 律師

出　　　　版：初文出版社有限公司
電　　　　郵：manuscriptpublish@gmail.com

印　　　　刷：柯式印刷有限公司
　　　　　　　香港北角屈臣道 4-6 號海景大廈 B 座 605 室
　　　　　　　電話：(852) 2565-7887 傳真：(852) 2565-7838

發　　　　行：香港聯合書刊物流有限公司
　　　　　　　香港新界荃灣德士古道 220-248 號
　　　　　　　荃灣工業中心 16 樓
　　　　　　　電話：(852) 2150-2100 傳真：(852) 2407-3062

臺 灣 總 經 銷：貿騰發賣股份有限公司
　　　　　　　地址：新北市中和區中正路 880 號 14 樓
　　　　　　　電話：886-2-82275988 傳真：886-2-82275989
　　　　　　　網址：www.namode.com

新 加 坡 總 經 銷：新文潮出版社私人有限公司
　　　　　　　地址：71 Geylang Lorong 23, WPS618 (Level 6),
　　　　　　　　　　Singapore 388386
　　　　　　　電話：(+65) 8896 1946 電郵：contact@trendlitstore.com
　　　　　　　網店：https://trendlitstore.com

版　　　　次：2021 年 6 月初版
國　際　書　號：978-988-75148-5-5
定　　　　價：港幣 68 元　新臺幣 210 元

Published and printed in Hong Kong
香港印刷及出版